꽃 먹는 소

고진하
시집

꽃 먹는 소

고진하
시집

문예
중앙
시선
028

꽃 먹는 소

고진하
시집

문예
중앙

시인의 말

가벼운 행낭으로
가없는 지평선이 가없는
저 시간의 공포 바깥으로 천천히 걸어 나가던,

그렇게 걷고 또 걸으면서
한 잎 고통과
또 한 잎 황홀이 포개지던
방랑의 긴 문장을 여물 씹는 소처럼 되새김질해온
날들이 아득하구나.
10년 세월이 눈 깜빡할 새 지나갔네.

아열대의 태양 아래
삶과 죽음이 뜨겁게 끓어오르던
어느 날의 새벽 강,
흐느끼는 강의 눈물샘에
저를 빠뜨린 채 울부짖던 신들린 어린 소리꾼이
왜 그토록 오래 잊히지 않는지

모르겠네!

차례

일러두기

한 연이 첫 번째 행에서 시작될 때는 > 로 표시합니다.

노천 이발소

— 뉴델리에서

손님 기다리는 일에는 이골이 났다

오후 들어 야채카레 한 접시를 비운 뒤

지나가던 열풍의 긴 꽁지머리를 뭉텅— 잘라준 기억
밖에 없다

비리* 몇 모금 빨고 나서

빈 나무의자 깊숙이 늙은 몸을 눕힌다

얕은 꿈결에

면도날 같은 시퍼런 문장이 지나가며

오랜 그리움의 새 별자리를 보여주었지만

문맹이라 받아 적지 못했다

---

* 나뭇잎으로 말아 실로 묶은 인도 담배.

집시의 뜰에서

마당은 무슨 빗자루로 쓸고 닦았는지 명경(明鏡) 같다
한밤중이면 별들이 총, 총, 총, 꽃필 것만 같다
밟으면 으깨질까 흙마당을 조심조심 디디며 들어서자
사내는 가슴에 시타르를 안고 나와 반색을 한다
애무하듯 시타르를 켜며 들려주는 민속음악,
얼마나 사무쳤는지, 심금이 저릿저릿 울리고
사뭇 서럽기만 한데
물씬 흙냄새가 풍긴다, 별꽃냄새도 풍긴다,
불가촉천민처럼 하심(下心)을 갈무리한
비릿비릿한 냄새도 몇 껴 있는 것 같다
굳이 악보(樂譜)라면 따갑게 내리퍼붓는
땡볕 악보뿐이지만 마당을 가로질러
가없는 평원 위로 나직이 퍼져나가는
벵골의 선율, 그 흐느낌이 파랗다
파충류가 껍질을 벗듯 또 한 꺼풀 벗은
그 영혼이 새파랗다

잠시 후, 느닷없이 소나기 퍼부어 선율이 멎고,

마당 더 깊어진 집시의 뜰을 떠났지만
내 영혼 또한 홀러덩 한 꺼풀 벗어 새파랗게 되었으니
남은 생은 그 지극한 떨림의 후렴이겠다!

<hr>

• 인도의 전통 현악기.

먼, 야무나 강

뱃전을 때리는 사원의 종소리가 멀다
돌아올 생을 가늠하지 않고
잔물결 헤적이는 노 젓는 소리가 저승처럼 멀다
문득, 어린 뱃사공의 목젖이
끓는 강물을 들이켠 듯 뜨겁게 떨린다
저 어린 것이
흐느끼는 강의 눈물샘에
저를 빠뜨린 신들린 소리꾼일 줄이야
불을 토해내는 저 혓바닥은
이글거리는
이글거리는 태양신을 쏙 빼닮았다
닮은 것이라야 닮은 것에
찬가를 바칠 수 있는 것일까
끓는 강물을 더 끓어오르게 하는
가야트리 만트라•
귓전을 때리는 어린 사원의 종소리가 멀다

• 가야트리 만트라는 태양신을 찬양하는 만트라로, 힌두교에서는 소년들의
입문식 때 이 만트라를 들려준다.

돌아갈 생을 가늠하지 않고
잔물결 헤적이는 노 젓는 소리가 저승처럼 멀다

자연

자벌레도 아닌데
마른 나뭇잎을 나눠주었다
염소도 아닌데
마른 나뭇잎을 나눠주었다

나뭇잎 두 장을 이어붙인
나뭇잎 접시,

거기 흰밥을 담아주었다
거기 찐 콩을 담아주었다
거기 야채카레를 담아주었다

그걸 숟갈 대신 손으로
비비고 또 비비는데

거기 햇살도 듬뿍 얹어주었다
거기 맑은 공기도 섞어주었다
거기 청량한 새소리도 얹어주었다

나무 그늘에 둥그렇게 둘러앉아
나뭇잎 접시를 다 비웠는데
어떻게 알았는지
설거지꾼들이 나타났다

나뭇잎 접시를 얼른 내주었더니,
버석버석 단숨에 먹어치웠다
어린 염소 세 마리가!

흑소

호숫가엔

흑소 한 분이 좌정해 계시었다.

툭 불거진 혹이 하늘로 솟구친

흑소 옆에서 순례자들이

호수 너머 사원을 향해

두 손을 모으고 경배할 때

흑소도 경배를 받으시는 것 같았다.

초록 바람이 불어

호수 물이 일렁이면

물속 사원도 일렁이고

흑소의 뿔도 일렁이시었다.

멈춤을 모르고 달려온 사람들이

멈춰 서서

물결 위에 일렁이는 사원을 바라볼 때

흑소는 좌정한 채

큰 눈망울만 멀뚱멀뚱거리실 뿐.

자기가 누구인지 몰라

떠돌고 떠돌고 떠돌던 사람들이

미혹의 마음을 잠시 내려놓고
호수 주위를 서성일 때
흑소는 좌정한 채
큰 눈망울 지그시 감고 계실 뿐.
느닷없이 소나기 쏟아져
젖은 사람들이
가없는 지평선 위로 하나둘 사라져가면
잠이 깬 흑소도
어슬렁어슬렁
지평선 위로 걸음을 옮기시었다.

푸줏간 앞에서

쇠뿔도 녹여버릴 듯 뙤약볕이 이글거리고 있었다
바람 한 점 없는 벵골의 소읍, 허술한 간이역 부근을
어슬렁거리다 염소를 잡아 파는 북적대는 푸줏간 처
마 그늘에 들어
숙소로 돌아갈 버스를 기다리고 있었다 어두컴컴한
푸줏간 속에는
작두 모양의 큰 칼,
붉은 피 흥건한 도마,
곧 도살될 어린 염소 두 마리가
말뚝에 묶인 채
갓 돋은 어린 뿔을 맞대고 티격태격
피비린내 나는 시간을 희롱하고 있었다
흙빛 얼굴의 중년의 사내가
흙바닥에 쏟아진
내장과
핏물과
왕왕거리는 파리 떼가 아무렇지도 않은 듯
뻑뻑 담배를 빨며

파리 떼가 절반은 떼어 먹은 듯한 염소고기를
칼로 뚝뚝 베어 팔고 있었다 나는
물건을 살 것도 아니면서 흥정하느라 시끄럽게 북적대는
아수라장 속을 들여다보고 있었다
아수라장 속에도 인생이 있었다
피비린내 풍길망정 희로애락이 있었다
어두컴컴한 푸줏간,
어둠 배후의 어둠이 신이라는데, 자세히 들여다보니
아수라장 속에도 神이 모셔져 있었다
길쭉한 코로 진동하는 피 냄새를 실컷 흠향했을 코끼리 형상의
가네샤 神이 컴컴한 어둠 속에 똬리 틀고 앉아
제 존재의 안쪽을 들여다보는
바깥의 우울한 눈동자를 내다보고 있었다

물지게

가없는 지평선 위에서
찰랑찰랑 흔들리는 물지게를 만났네
늙수그레한 인도 농부의 어깨에 얹힌
둥근 물통 두 개,
아슬아슬한 균형을 이루었네
어린 농부인
나도 저런 물지게를 지고
비지땀을 쏟으며
가파른 언덕길을 오르내리곤 했지
균형을 잃고 넘어지면
물통의 물을 다 쏟아버리곤 했어
뙤약볕 쏟아지는
가없는 지평선
찰랑찰랑 흔들리는 물지게를 지고 가는
농부의 어깨에서
참을 수 없는 갈증이 느껴지네
아슬아슬한 균형,
그걸 지켜보는 내 마음도 타네

하늘 우물도 말라붙었는지
은총의 비 한 방울 내리지 않는
영혼의 건기(乾期),
언제쯤 건기는 끝나게 될까
농부는
물통의 물 한 방울 흘리지 않고
내 시선에서 점점 멀어져가네
찰랑찰랑
흔들리는 물지게가
물결나비의 날갯짓처럼 보일 때까지

석불의 맨발에 입 맞추다

무일푼으로 떠도는 바람을 보았다면
탁발을 의무가 아니라 운명으로 받아들인
바람을 보았다면
바람의 맨발을 보았다면 믿겠는가
가없는 지평선 위를
하염없이 걷다가 지치면
저 높은 데서 인생을 연민하는
구름경전이 흘린 눈물로 영혼을 적신 뒤
건기의 숲에서
차 끓일 마른 잎을 줍는
가난한 시골 아낙의 곁님이 되어
타박타박 걷던
바람의 맨발을 보았다면 믿겠는가
먼지와 자갈과 소똥을 밟는
쓰라린 감촉을 즐기며
탁발한 빵과 오이와 양파, 그리고
딱 하루치의 근심을

저녁놀에 비벼 먹고 천천히 귀로에 오르는

바람의 맨발을 보았다면……

님나무

님나무*

건기가 길어지고 있다
풀뿌리까지 타들어가는 건기에도
아직 살아남아 있는 것들은
풀썩이는 먼지와 동족이라는 걸 믿고 싶지 않은 눈치다
사방팔방
마른 잎들을 다 날려 보내고
줄가리만 남은 나뭇가지 하나가
치열이 비뚤비뚤한 바람의 이빨을 닦고 있다
치카, 치카, 치카……
천하 건달 바람의 누런 이빨을 닦고 있다

• 님나무(neem tree)에는 천연항생제가 함유되어 있어, 지금도 가난한 시골
사람들은 님나무 가지를 꺾어 이를 닦는다.

적멸의 문장

아열대숲 사이로 흐르는 강, 애 터지게 느리고 길다

강물에 얼비친 활엽수들의 봉두난발을 어루만지며
흐르는 강이
흐느끼는 것 같지는 않다

얼기설기 엮은 대나무 꽃상여에 얹힌
주검을 메고 가는
검은 사내들의 무표정한 실루엣도 강물에 얼비친다

황금빛 수의 밖으로 얼굴을 내놓은 초로의 주검
딱히 응혈 진 암흑이 있어
벌떡 일어나 천둥 칠 것 같지도 않다

꽃상여에 뉜 단 한 줄 적멸의 문장, 애 터지게 느리고
길다

귀신을 볼 나이에 소를 보다
— 야무나 강에서

강 건너, 여윈 소 한 마리가 마른 풀을 뜯고 있습니다

곧 우기가 닥치면 강변이 푸르러지고 여윈 소도 살이
오르겠지요

살이 올라 통통해지면 문득 저 소 등에 올라타고 싶습
니다

홀연 길들이지 않은 내 안의 방랑자가 깨어나 피안을
본 것일까요

하지만 나보다 먼저 노를 저어 저문 강을 건너가는

만트라 한 소절,

그 지극한 떨림이 저편 기슭에 닿아 여윈 짐승이 됩니다

새가 울면 시를 짓지 않는다

벵골 땅에서 만난 늙은 인도 가수가
시타르를 켜며 막 노래 부르려 할 때
창가에 새 한 마리 날아와 울자
가수는 악기를 슬그머니 내려놓고 중얼거렸다.

저 새가 내 노래의 원조라오.

그리고 새의 울음이 그칠 때까지
울음을 그치고 날아갈 때까지
노래 부르지 않았다.

그때부터 나도
새가 울면
시를 짓지 않는다.

꽃 먹는 소

인도의 소읍, 어느 성인의 탄신을 기리는 축제라던가?

떠들썩 떠들썩한 축제 행렬 막 지나간 길, 꽃으로 가
득한 트럭 위에서 사내들이 던진 꽃들 질펀하게 깔려
있네

흠! 흠!

붐비는 재스민 금잔화 향기 맡고 나타났을까, 난데없
이 어슬렁거리며 등장한 흑소 몇 마리,

더 넓을 순 없는 여물통, 뜨겁게 끓는 아스팔트에 깔
린 꽃들 우적우적 씹고 있네

갈비뼈 아른아른 비쩍 마른 흑소들, 야윈 신들,

꽃으로 주림을 채우고 있네 오, 공양(供養)? 맞네! 저
석조사원의 죽은 신들보다 죽은 성인들보다

살아 있는 신들을 먹여야 하리

무엇보다 꽃으로 먹여야 하리

꽃으로!

모자

황혼 무렵, 시장이 열렸다
갑자기 쏟아지던 장대비 뚝, 그친 뒤
이슬람 재래시장으로
모자 하나 사러 흘러 흘러 들어갔다

여기저기 호객의 아우성 소리 드높은 난전,
난전 가운데로, 비단결로 흐르는
실개천이, 시큼한 냄새를 풍기며 생로병사(生老病死)를
휘감고 있었다
아! 시궁창 유치원, 팽개쳐진 벌거벗은 아이들이
시궁창 물을 뒤집어쓴 채
벌써 생로병사의 구구단을 외우고 있었다

딱히 맘에 들진 않지만, 모자를 몇 개 골랐다

지폐를 내미는데 거기, 벌거벗은
마하트마 간디의 얼굴이 펄럭이고 있었다
거스름돈을 받는데 거기, 지워지지 않을

얼룩을 묻힌 치욕이 펄럭이고 있었다

인산인해 붐비는 시장을 겨우 비집고 빠져나오면서
문득 돌아보니, 시궁창 유치원,
노을수업은 계속되고 있었다 여전히
먹구렁이처럼 꿈틀대는 아이들을 바라보다
삐죽, 삐죽 터져 나오는

울음…… 나는 모자를 두 개씩이나 후다닥 덮어썼다!

새점

오늘은, 내 장난기를 그냥 내버려둬보자

저 새장에 갇힌 연둣빛 날개에 내 운명을 맡겨보자

날개 없는 자의 열등감이라고, 윽박지르지 마라

때마침 영험한 앵무가 흘깃 나를 쳐다보았던가

새장 문이 열리자 엉금엉금 기어 나와

수북이 쌓인 종이 패 중에 하나를 덥석 문다

참 용하기도 하지,

새점 치는 사내 패를 받아 들고 내 운세를 읽어준다

바람둥이 중의 바람둥이

크리슈나가 라다*와 사랑을 나누는 패가 나왔군요

더 들을 말도 없을 것 같아

난 꽃가게 즐비한 시장 쪽으로

애인 목에 걸어줄 꽃 한 다발 살 요량으로

두리번두리번 걸음을 떼어놓는다

참 용하기도 하지,

사랑의 날개 달고 싶어 몸살 난 걸 우에 알았을꼬?

---

* 힌두교의 영웅인 크리슈나는 애인인 라다와의 아름다운 사랑으로 인도인들
에게 사랑받는 신이다.

아루나찰라˙의 잔돌들

저, 침묵의 성자 라마나 마하리쉬가 은거했던
아루나찰라 산봉우리가 돌올하게 빛나네
망설이다 못 오른 봉우리라 더욱 빛나네

한 인간의 찬연한 광휘보다
그가 거닐었던 산기슭을 흐르는 개여울에
목이 긴 새처럼 발목을 담그고
저물녘의 한가(閑暇)에 지친 몸을 맡기네

산그늘이 가만가만 다 내려와
하루치의 고요를 부려놓는 시간,
황혼이 흩뿌린 나뭇잎과 오물조차 알뜰히 품고 흐르는
물속에서 나는 잔돌 몇 개를 건졌네

흔하디흔한 잔돌들이지만
저마다 유일무이하고
저마다 다른 균열과 상처로 꽃핀 것들,
나는 울컥, 이 우주의 보석들에 입술을 대보네.

〉

산기슭에 깔리는
어스름이 잔등을 떠미는 시간,
혼잣말하듯 잔돌들 개여울에 그냥 놔두고
숨의 진화를 꿈꾸며
흠모하던 별자리도 저 봉우리에 그냥 놔두고

• 남인도의 타밀나두 주 티루반나말라이에 있는 산으로, 라마나 마하리쉬가
  깨달음을 얻은 곳으로 알려져 있다.

가엾습니다

가엾는 지평선이 가엾습니다.

초록 띠 물결치는 지평선에 뿔 같기도 하고

아닌 것 같기도 한 뭔가가 걸려 아른거립니다.

가까이 다가가 보니,

흰 염소들이 구름송이 같은 풀을 뜯고 있습니다.

입으로는

구름송이 같은 풀을 오물오물 씹으며

뒤로는

까만 똥을 똥글똥글 흘립니다.

저거, 藥입니다요.

저거, 藥 맞습니다요.

저거 구하러 여기 왔습니다.

불치병에 좋다는

저거 구하러 여기 왔습니다.

너울너울 다홍 놀이 끓고 있습니다.

저 끓는 약탕기 속으로 뿔들이 음메에에에…… 사라집니다.

가없는 지평선이 가없습니다.

그리운 나타라자[•]

우기라는데 비가 내리지 않았다
붉은 먼지가 소용돌이치는 사암 깔린 힌두 사원 앞
맨발의 한 사내가
붉은 먼지의 소용돌이를 따라 돌고 돌았다
낡은 성곽 위 누더기구름도 돌고
비루먹은 개처럼
눈동자 퀭한 낮달도 돌고
사원 회랑을 장식한 벌거벗은 무희들도 돌고
엑타르^{••} 뜯는 늙은 악사도 돌고
앙상한 팔다리의 거지소녀들도
눈물보다 짠 땀 쏟으며 돌고 돌았다
그리운 나타라자,
그가 머무는 산정은 너무 멀었다
운명의 팔짱 끼고 같이 돌아줄
그의 손길도 너무 멀어
홀혜황혜(惚兮恍兮),
저 위로 솟구치지는 못하고

저 심연으로 자꾸 가라앉기만 하는,
붉은 먼지의 소용돌이를 따라 돌았다

• '무도왕(舞蹈王)'이란 뜻. 힌두교의 신(神)으로 춤추는 시바의 별칭.
•• 줄이 하나인 인도의 전통 현악기.

사두•

숱한 인파로 붐비는 축제엔 볼거리가 많네
춤과 노래도 볼거리지만
고행하는 인생도 볼거리네
한 사두가 웃통을 벗어부치고
거웃만 겨우 천으로 가리고 있네
불볕이 쨍쨍 내리쬐는데
활활 타는 장작불 앞에 가부좌를 틀고 앉아 있네
세상 규격에 맞지 않는 사람일까
세상이 너무 답답해 서둘러
무변(無邊)의 피안으로 떠나고 싶은 걸까
아래 장작의 불길이 위 장작으로 옮겨붙고
위 장작의 불길이 옆 장작으로 옮겨붙는 동안
형상이 무너지는 장작을 보며
형상이 사라질 때의 허무를 생각하고 있었지만
짐짓 눈을 감고 있는 사두는
형상 없는 신과의 황홀한 합일을 꿈꾸는 것일까
벌겋게 달아오른 몸이
더 벌겋게 달아올라도

지전(紙錢)이 더 많이 쌓일 것 같지는 않네
세상을 검불처럼 여기는 사두이니
그 지전으로 입에 풀칠이나 할 것이네
벌겋게 타오르는 사두를 보고 있자니
타오르는 불의 중심처럼
내 마음도 잠시 고요해지네
하지만 난 아직 세상에 애착이 많은 사람
성자의 초상이 그려진 지전 한 닢 던져놓고
또 다른 볼거리를 찾아 발길을 돌리네

• 힌두교의 수행자.

소똥 다라니[*]

망각의 두께만큼 그리움을 불러내는 건 바람이다
강물에서 막 올라온 검은 물소 떼가
때아닌 돌풍을 일으키며
폐허의 사원 쪽으로 질주하고 있었다
오랜 세월 잠자던 내 안의 야성도 문득 깨어나
없는 뿔을 흔들며 흔들며
검은 물소 떼를 쫓았다
하지만,
녹슨 자물쇠로 굳게 잠긴 사원 문 앞에 당도했을 때
검은 물소 떼는 환영인 양 사라지고,
피 흘리는 노을을 제물 삼아
저녁기도를 바치는
없는 영혼의 의자가 눈에 띌 뿐
나는 그 의자에
간신히 엉덩이 걸치고 앉아
마른 소똥들이 중얼거리는 다라니를 들었다

• 산스크리트어로 주문을 외어 재액을 제거하는 일.

노천카페

허름한 노천카페에서 흘러나오는
조개탄 연기가 푸른 실비단처럼 길 위에 깔립니다
낡은 담요 한 장 둘둘 말아 품에 안고
또 가없는 길을 나서는 저 노숙의 아침도
쿨룩, 쿨룩대며 맨발에 실비단을 휘감으며 지나갑니다
여기는 여직 맨발이 통하는 세상
카페주인은 제 맨발을 닮은 시커먼 냄비에
우유를 붓고 이글거리는 화덕에 올려놓습니다
이내 냄비 뚜껑이 들썩, 들썩거리기 시작하고
아까부터 날 따라붙던 비루먹은
황구 한 마리가 카페 앞에 와 고개를 갸웃거립니다
짜이 한 잔, 비스킷 한 조각 황구와 나눠 먹고
짐 꾸려 다시 길 나설 즈음,
나보다 저만치 앞서 맨발이 꽃피우며 가는
만행(漫行)의 푸른 곡선이 그리워
한결 홀가분해진 발걸음을 천천히 떼어놓습니다

하늘 도공의 솜씨

어느 도공(陶工)의 집 앞 감자밭 어귀 나무말뚝에 얹
어놓은 소의 두개골을 보았다

아열대의 태양에 잘 구워진 두개골은 도무지 표정이
없어서 그렇기도 하지만

네 다리가 아닌 한 다리에 얹혀 있는 구도는 오래도록
쳐다볼 게 못 됐다

하지만 나는 그 앞에 한참을 서서 보았다 그래도 그게
하늘 도공의 솜씨가 아닐까 싶어!

소똥

그 물건이 땅바닥에 주르르 흘러 떨어지는 동안, 긴 꼬리는 포물선을 그으며 허공을 떠받치고 분홍빛 항문은 둥글게 열려 있다

그 물건이 뚝, 뚝, 뚝, 떨어지며 다정히 포개져 막 쪄낸 쑥찐빵처럼 모락모락 더운 김을 피워 올릴 때, 대기의 온도도 내 사랑의 체온도 몇 도쯤 올라가고 길을 걷던 이들의 시선은 사뭇 조심스러워진다

그 물건을 내려놓은 임자가 뒤도 돌아보지 않고 길모퉁이를 돌아 어슬렁어슬렁 사라지면, 그 물건과 그 물건을 내려놓은 임자는 분리되지만, 둥글게 열려 있던 분홍빛 항문은 내 망막에서 쉽사리 지워지지 않는다

나는 그 물건의 이름을 오랜만에 아주 오랜만에 발음해본다, 소똥! 가슴이 뻐근하다, 다시 발음해본다, 소통! (잘못 발음했지만 역시 뻐근하다) 둥글게 열린 내 입술이 분홍빛 항문처럼 열려 다물어지지 않는다

이끼부처

이끼가 초록초록 돌부처 몸에 돋아 있으니 이끼부처
라 부르면 되겠니?
이끼가 초록초록 돌부처 몸에 돋아 있다고 초록부처
라 부르면 되겠니?
이끼에 초롱초롱 이슬방울이 맺혀 있으니 이슬부처라
부르면 되겠니?
이끼가 뽀송뽀송 말라 햇살이 감싸고 있으니 햇살부
처라 부르면 되겠니?

— 벵골의 한 예술대학 뒤뜰 나무그늘에 덩그렇게 모
　 셔져 있는
　 돌부처

이끼가 저렇듯 생생하니 저 돌덩이가 생불이겠니?
이끼가 누렇게 시들어 죽는다고 생불이 아니겠니?

>

　　　이마와

　　콧등과

　　눈동자

　제3의 눈

　　가부좌 튼

　　　팔과

　　다리

겨드랑이에도

이끼이끼이끼이끼이끼이끼이끼이끼이끼이끼가피
어……

빈 배

이른 아침 산책길,
호숫가에서 빨래하는 아낙들을 보았네
평생 빨래만 하다 빨랫돌보다 먼저 닳아 사라질
빨래하는 아낙들의 뒷모습을 보며 걷고 있었네

조금 더 걸어가니
호숫가에 빈 배 한 척 떠 있는 게 보였네
잔잔한 물 위에
노도
사공도 없는
빈 배,
아무도 태운 적 없고
아무도 태우지 않을 것처럼
무욕(無慾)의 화신처럼
그렇게 떠 있었네.

나 같은 속인은 범접할 수 없을 것 같은
빈 배,

더러운 남의 옷가지나 빨래하는
저 불가촉천민 아낙들이 타고 건너갈 배일까
이 기슭에서 저 기슭으로 건너면
윤회의 고통이 멈출까

지금 빈 배를 비추는 이글거리는 태양만이 알 것이네
윤회도 해탈도 모르고
뜬 적도 진 적도 없이
불사신의 눈을 크게 부릅뜨고 있는

꽃燈

— 갠지스 강에서

삐삐 마른 소녀의 나뭇가지 같은 손엔
꽃등이 타고 있었네
저녁 어스름 때, 타는 꽃등이
미소 짓는 소녀의 얼굴을 비추고 있었네

저녁 어스름 때,
꽃등만이 어스름 강물 위에 떠
사람의 영혼의 움직임을 보여줄 때

소녀의 환한 미소에 반해
타는 꽃등을
2루피를 주고 샀네

나는 뱃전에 기대앉아
꽃등을 강물 위에 띄웠네
그리고 소원을 빌었네

아무 빌 소원도 없는

삶을 살 수 있기를
내 목숨의 꽃등 꺼지기까지
빌 소원도 없이

이 어두운 강을 건널 수 있기를

우물

도르래에 매달린 쇠줄을 당겨
물을 퍼 올리는 우물이 있다

간밤 무수히 쏟아지던 별똥별의 섬광까지
두레박으로 퍼 올리는 우물이 있다

물 길으러 온 까무잡잡한 아낙의 손이
부지런히 쇠줄을 당길 때
물보다 구슬땀이 먼저 흘러 땅을 적신다

아낙은 두레박으로 퍼 올린 물을
양동이에 쏟아부으면서도
뒤에 있는 아낙과 무슨 얘길 끊임없이 속닥거린다

누군들 목젖이 타들어가는,
뜨거운 먼지만 풀썩, 풀썩이는 이 건기의 생에 대해
왜 하고 싶은 얘기가 없겠는가

무더위에 지친 듯 우물 옆에 네 다리를 뻗고 누운
비루먹은 검은 개 한 마리,
차마 못다 한 말이 있는 듯
저 중천에 뜬 낮달 같은 퀭한 눈만 떴다 감았다 한다

태양의 선물

라빈드라나드 타고르가 명상에 잠기곤 했다는
오지의 숲을 찾아가다가, 얼굴에 화상을 입었다
늙은 자전거 안장에도 땀띠가 돋고
노출된 목과 팔뚝에도 불볕의 잔해가 시뻘겋다

아열대우림, 높은음자리표 같은 상록수 잎들이
후줄근히 늘어진 건기의 숲 속,
잔잔한 선율이 붉은 흙먼지를 후끈 피워 올리고
기념품 파는 가게들이 다닥다닥 붙어 있었다

그래, 명상에도 상표가 찍히고,
겨우 존재하는 神에게도 값을 매기는 시대지

허름한 가게에 들러 기념품을 고르는 동안,
죽은 시인의 눈매를 쏙 빼닮은 검은 소 떼가
어슬렁어슬렁 걷기명상을 하듯
창문 앞을 지나가고 있었다

저 매혹의 야성 앞에,

배낭도 지갑도 텅 비어가고 있었지만

바짝 마른 활엽(闊葉) 같은 지질의

쉽게 해독할 수 없는 명상시집 두어 권 챙겼다

태양이 선물로 찍어준 화인(火印),

검붉은 살갗이 벗겨지고 새살이 돋아날 때쯤

뱀 허물처럼 꿈틀대는 벵골어를 명상해볼 작정이다

간디

뭐 볼 게 있다고, 당신의 재만 한 줌 남은 화장터에는
사람들이 인산인해로 붐볐습니다

붐비는 곳에서 비비적대는 게 싫어 서둘러 바깥으로
나왔습니다

큰길가에는 부목에 겨우 기댄, 흰 껍질의, 어린 건기
(乾期)의 생이 목마름을 견디고 있었습니다 시들시들한
이파리 몇 달고……

언젠가, 반라(半裸)로 지팡이 의지해 걷던, 흑백사진
속 외뿔고집의 초상 하나 천천히 떠오르고 있었습니다

분지르면 툭 분질러질 것 같은 당신, 당신의 깡마른
몸은 21세기가 짚고 갈 빛의 지팡이, 혹은

징검돌……

검정개

식솔도 없는 외톨이가 아니구나. 붐비는 식당 앞에 퍼
질러 앉아
　네 마리나 되는 새끼들에게 마른 젖을 물리고 있는 검
정개. 아까 노천 화장터 부근에서 어슬렁거리던……

　저렇게 빨리면 젖몸살이라도 날 것 같은 비쩍 마른
개. 사납게 덤비는 새끼들에게 마른 젖가슴을 온통 다
내맡기고 있다 지글지글 타다 남은
　누구 종아리 살이라도 뜯어 먹고 왔나, 누런 갠지스
강물 들이켜다 거기 퐁당 잠긴 해님 날갯죽지라도 뭉텅
베어 먹고 왔나.

　저마다 이쑤시개를 물고 나오는 점심시간 붐비는 식
당의 손님들이 다 빠져나가도록,
　마른 젖꼭지를 세끼들에게 물린 채 곤히 오수(午睡)에
빠진, 검정개의 수유는 아직 끝나지 않고 있다 꿈속에,
　누구 종아리 살이라도 찾으러 오대양육대주를 발발거
리고 다니는지.

태양사원

저 어마어마한 석벽에 새겨진,
끝없는 마모가 진행 중인
꽃미남 신들의
자태에서
꽃미희 악사들의
노래와 춤에서
무슨 향기가 전혀 안 나는 건 아니다

이글거리는
아열대의 태양
저 불멸의 거대한 지우개 앞에서
꽃분홍의 살과 살이 닿아
샅과 샅이 닿아
꿈틀거리는 애욕의 형상들
서서히 지워지면서도
무슨 향기가 전혀 안 나는 건 아니다

토박이들처럼 시커멓게 그을어가는

순례도 막바지,
퇴락한 사원을 휘휘 돌아 나오며, 문득
닳아버린 샌들 같은
겸손이란 말이 떠오르고
이지러진 그믐달 같은
소멸이란 말이 욱신거린다

아, 아까 들어갈 때 누가 목에 걸어준
꽃목걸이, 그새
시들시들해진 꽃에 코를 박으며
향기란 말도 벌 떼에 쏘인 것처럼 욱신거린다

• 인도 오리사 주에 있는 힌두교 사원.

퐁디셰리*의 사이클론

사나운 사이클론이
여행자들을 호텔 방에 가두었다
높은 까치둥지에 세 든 까치처럼
창을 통해 아래를 내려다본다
한눈에 내려다보이는 낯선 도시의 숱한 지붕들,
하지만
지붕은 다 그만그만, 고만고만하다
바람의 맨발이 평정해버린,
바람의 광태가 무지막지 짓밟고 간 지붕 아래서, 지금
눈부신 관광 대신
저 숱한 지붕들이나 내려다보고 있다
허술한 덮개 다 날아가버리고
앙상한 골조만 남은 지붕,
슬래브 친 평평한 지붕,
인도식 기왓장을 얹은 지붕,
가야 고분 같은 둥근 지붕,
세찬 빗발 속에 보이다 안 보이다 하는
숱한 지붕들 아래서

어쩌면 붓다 귀보다 더 커져버렸을 귀들을
근심 근심하며
어느 바닥보다 더 낮고 어느 정치보다 더 험한
난장(亂場)의 소용돌이에
휘말린 지붕들이나 무심코 내려다보고 있다

눈부신 관광 대신

 • 남인도에 있는 도시의 지명.

뉘실꼬?

그놈의 신발 머리에 이고 가면 안 되나?

벗을 때마다 투덜거리면서 오늘도 사원 입구에서 신
발을 벗는다 땟국물 고린내 뚝뚝 흐르는 신발을 벗어
쌓아놓으니

노적가리가 따로 없다 문득, 스치는 끔찍한 한 상념,
신발보다 참말로 벗어버려야 할 탐욕의 원천
  눈알을 쑥 빼놓거나 모가지를 뚝 떼어놓고 들어가라
고 했으면…… 눈에 넣어도 안 아플
  저 꽃미남 신들을 어찌 한 아름 안아보며, 그녀가 건
네준 꽃목걸이는 어찌 또 목에 걸어보았을꼬……

신발만 벗으라는 이 눈물겨운 배려, 그분은 뉘실꼬?

저 앞서 걷는 맨발들, 바짝 달아오른 대리석 바닥에
맨발을 지지며, 罪될 것 없는 罪도 지지고 지지며,
  그렇게 지지고 걸으며 힐끗 기기묘묘한 돌조각 꽃미

남 신들, 흔하디흔해빠진 신상들 보는 듯 마는 듯, 훨훨
훨 날아―

드넓은 사원 대충 돌아 나와 뽀송뽀송 잘 마른 신발을
찾아 꿰며 그분은, 아 그분은

뉘실꼬?

꽃 공양

어슴새벽, 사이클론이 휩쓸고 지나간
벵골만 퐁디셰리 바닷가로 나갔지. 아직도
으르렁
으르렁거리는 파도가
사나운 눈알을 부라리며 흰 이빨을 까고 있었어.

그런데 웬 까무잡잡한 젊은 사내 방파제에 서서
검은 비닐봉지에서 꺼낸 꽃을,
으르렁거리는 파도를 향해 던지고 또 던졌어.
잠시 후 천천히 올라오는 사내에게
시방 뭘 했느냐고 물었지.
그는 히죽히죽 웃으며
神의 분노를 풀기 위해 꽃을 던졌다고 했어.

오 시절이 어느 땐데,
이런 이쁜 친구가 다 있담?
이쁘고 이쁜 친구를 그냥 보낼 수 없어
다짜고짜 끌어안고 그의 볼에 내 볼을 비볐지.

아쉬운 눈빛으로 헤어지며 그는
봉지에 남아 있는 꽃을 나에게 척 넘겨주었지.

아, 나도 꽃을 한 움큼씩 꺼내 던지고 또 던졌어.
아직도 무슨 분노가 덜 풀렸는지
으르렁
으르렁거리며
흰 이빨을 까고 있는 신들에게 —

알몸의 광휘는 사라지지 않는다

밤새 달려온 기차에서 내려
역사(驛舍)를 막 나서는데,

허물을 벗은 뱀처럼 미끈한 알몸의 사내들이
역 광장 모퉁이 수돗가로 달려가 찬물을 들이켠다

얇게 걸친 옷마저 홀러덩 벗어버리고 싶은
폭염의 한낮,

인류의 오래된 미래 나체파˙에 눈길을 던지며
수군거리는 이들은
저 이음새 없는 알몸의 낙원을 모를 것이다

허물을 벗어야 맛보는 낙원의 샘에서 솟는
다디단 물맛을 모를 것이다

덜렁, 덜렁, 덜렁덜렁 —
물을 뒤집어쓴 거무튀튀한 물건들이 물비늘을 번쩍이며

홀연 붐비는 인파의 숲 속으로 사라져도,

저 태허(太虛)의 알몸 브라만의 광휘가
사라지는 것은 아닐 것이다

자전거와 오토릭샤와 택시와 버스와 트럭의
쉴 새 없이 빵빵대는 소음이
그 물건들의 희미한 실루엣마저 깡그리 지워버려도

• 나체로 살아가는 인도의 자이나교도를 일컬음.

너도 똥 누고 뒷물했니?

무슨 신성(神性)이라 부를 만한 게 인간에게 있다면
무쇠가위처럼 자르거나 찢거나 나누는
분별이 싹트기 이전의 천진무구한
어린아이에게나 있을 것이다.
얼굴에 검버섯이 툭툭 피어나기 시작하는
내 안에도, 그런 아이가 살아 있었던가.

북인도의 시골 역 부근,
자욱한 새벽안개 속으로 뒷물할 물통 하나씩 들고
들판으로 걸어 나와 똥 누는 사람들,
나도 그들 틈에 섞이고 싶어
큰 보리수나무 아래 엉덩이 내놓고
똥을 눴다.

옆에서 개웃개웃 곁눈질하며 눈웃음 짓는
촌로에게 물 얻어 뒷물하고 일어서는데,
아랫도리가 그렇게 개운할 수 없었다.

＞

가없는 지평선은 밝아오고
울타리 없는 역 벗어나 볼일 본 나 때문이 아니라
안개 때문에 오래오래 멈춰선 기차,
안개를 뚫고 막 떠오르는
어린 해님의 얼굴도 싱글벙글.

너도 똥 누고 뒷물했니?

뿔

복잡한 아그라 큰길 가장자리에 비켜서서
성자 라마크리슈나의 동상에
카메라를 들이대고 있었네
난데없이 흰 소가 한 마리 들어왔네
렌즈에서 얼른 눈을 떼고
큰길 한복판에 어슬렁거리는 흰 소를 보았네
행인들이 흰 소를 비켜 갔네
자전거들이 흰 소를 비켜 갔네
릭샤들이 흰 소를 비켜 갔네
택시들이 흰 소를 비켜 갔네
버스들이 흰 소를 비켜 갔네
자전거와 릭샤와 택시와 버스를 뒤따르는
숱한 차량들이 흰 소를 비켜 갔네
성자의 발치 아래 모락모락 김이 나는
큼직한 똥 한 덩어리 싸놓고
어슬렁
어슬렁
어슬렁거리는 흰 소만 우뚝했네

성자 라마크리슈나보다 우뚝했네
성산 히말라야보다 우뚝했네
무뚝뚝한 흰 소의
뿔, 우뚝했네!

차도르[•]

우기의 이슬람 시장은 언제나 질퍽거린다
붐비는 노점에서
망고 한 봉지를 사가지고 돌아서는데,
검은 차도르로
얼굴을 가린 여인이 앞을 가로질러 간다
어슬렁거리는 소와 개들,
차량과 사람들 사이를 느릿느릿 빠져나가는
차도르,
육체를 여읜 것 같은 그림자
가 문득 돌아서서 낯선 나를 빼꼼 바라본다
아, 그림자도 눈이 있었구나
괜히 난 눈물이 핑 돌며
신들도 눈이 있겠구나 생각해본다

• 이슬람교 여성들이 외출할 때 얼굴을 가리기 위하여 머리에서 어깨로 뒤집
어쓰는 네모진 천.

붉은 깃발
— 푸리 어촌에서

붉은 깃발들이 무슨 상징처럼 펄럭이고 있었다

천민들이 사는 바닷가 마을 어귀

붉은 깃발들이

낡은 배 한 척을 새벽바다로 밀어내고 있었다

결핍에 덧댄 슬픔을

인생이라 부르지 않는 인생들이

벵골만,

졸아든 제 내장만 같은

해안선 바깥으로 배를 밀어내고 있었다

빈손, 한 잎의 해탈보다

빈 배 가득 펄떡거리는 만선을 꿈꾸며

비린 생을 지 꾸 밀어내고 있었다

섬은 실낯에 닿이

끈적거리는 바람과 태양, 그따위 숭배는 오래전에 거둔

붉은 깃발들이 배를 밀며

무슨 혁명처럼 펄럭이고 있었다

슬픔의 부력이 띄운

배를 밀며 찢어질 듯 펄럭이고 있었다

Ganga•

강물도 흐리고 하늘도 흐린 날
어머니 신 강가는
삶과 죽음의 종합선물세트를 덥석 안겨주네

(받아라,
이 불타다 남은 잿빛 유골을.
받아라,
저 꽃미남 크리슈나의 달콤한 키스를.)

강물도 흐리고 하늘도 흐린 날
어머니 신 강가는
걸신들린 세계의 아가리에
윤회의 수레 가득한 눈물의 비빔밥을 퍼 먹이네

어머니 신 강가여

• 갠지스 강의 인도식 명칭.

어스름 앞세워 꽃등 켜 들고
생·멸·생·멸을 마중하는 격정의 물결이여

폭염 속에서

섭씨 사십 도를 웃도는 뉴델리,
냉방이 싫어 세미나실을 나와 님나무 그늘에서
폭염을 피하고 있었다 가만히 서 있어도
굵은 땀방울이 비 오듯 쏟아졌다
님나무 씨앗들이 그늘 아래 사방 흩어져 있었다
씨앗 몇 톨을 주워 가방에 담으며
조금 전 세미나 때 눈 맑은 인도 여성시인
루커미 니이르가 한 말을 기억해내곤
역시 마음 가방에 챙겨 넣었다.

— 인간은 죽음의 공포 속에 있다
— 무자비한 시간 속에서 위안을 주는 것이 시다

솔직히 말하면 그녀가 한 말보다
흑요석 같은 그 맑은 눈에 더 끌렸다
오래전 어느 꽃사슴 농장 앞을 지나다
스무 마리쯤 되는 꽃사슴들이 일제히 날 응시하던
눈빛들이 떠올랐다 그 겹의

황홀한 기억으로

잠깐, 무자비한 시간 밖으로 나갈 수 있었던가

땀에 젖어 다시 세미나실로 걸음을 떼는데

정원사인 듯한 허름한 사내가

폭염으로 말라가는 나무에 물을 주려는지

작은 분수대 쪽에서 긴 고무호스를 질질 끌어오고 있

었다

물의 장례

― 심재관에게

여신의 축복을 받으며 죽고 싶은 이들이 모여드는
갠지스 강에서도 수장(水葬)은 드문 일이다 죄를 모
르고 죽은 갓난아이나
업(業)의 씨앗 뿌리지 않은 수행자만 불로 태우지 않고

물의 장례를 지내준다

꼿꼿이 가부좌 튼 채 입적한 수행자의 시신이 배로 옮
겨졌다 황금색 보자기에 싸인 시신은
한 아름 금잔화 다발 같다 물속 극락이 있어
그 극락을 장식할 꽃일까 신은 가장 아름다운 인간을
꺾어 당신의 정원을 꾸미려는 것일까

노가 젓는 힘으로 배는 강물을 헤치고 나간다

물살이 잔잔한 강 한복판 배꾼들이 황금빛 꽃에 돌을
달아 첨벙, 강물에 던지자
악어처럼 큰 입을 벌린 강물이 꽃과 돌을 한입에 꿀꺽

삼킨다

　이내 강물이 잠잠해진다 물속 극락의 일은 아무도 모
르는 일, 눈물의 촛불 켜 망자를 배웅하며
　강가를 서성이던 사람들 머리 위로 시커먼 하늘의 한
쪽 옆구리가 툭 터지며 갑자기 천둥이 우르릉거린다

　때아닌 법우(法雨)가 쏟아지기 시작한다

죽음이 털기 전에

구겨진 지폐를 움켜쥐는
그의 손이 떨렸다
이 골목 저 골목 떠돌아다니는
염소 수염을 쏙 빼닮은
카레 묻은 그의 수염이 덜덜 떨렸다
교환할 물건이라곤
늙은 몸뚱어리뿐인 저 걸인 속으로
갠지스 강 물안개가
매캐한 화장터 연기가
스멀스멀 밀려드는 저물녘,
늙은 남루 속까지 불길하게 파고드는
까마귀 떼 울음소리와
먼 듯 가까운 듯
저녁기도 시간을 알리는 종소리가
어둠과 함께 비벼져
서둘러 귀가를 재촉하고 있었다
호주머니 속 쨍그랑거리던 것들
털고 가라는 듯

죽음이 털기 전에
모두 다 털고 가라는 듯……

하리잔*

흐르는 물속에 비석처럼 세워놓은 빨랫돌 위로
물에 적신 빨래를 빙빙 돌려 내리치는
도비왈라라 불리는, 빨래꾼들을 보았네

하얗게 피어오르는 물안개에 젖은
해님의 수줍은 얼굴이 찰랑이는 랄반 호수,
질기디질긴 업(業)의 괴로움 따윌 모르는
흰 오리들 둥, 둥, 둥, 떠다니며 자맥질하는
잔잔한 물속

탁한 영혼을 지닌 척추동물의 슬픔과 오욕을
빙빙 돌려 내리치고 쥐어짜고 흔들어
호수 둑에 가지런히 펴서 너는
빨래꾼들을 보았네

차라리 뇌도 없는 무영혼이기를!
비나리한 적은 없겠지만
맨날 두들겨 맞는 빨랫돌보다 먼저 죽기는 틀린

거대한 상처의 물집 같은

랄반 호수에서

하얗게 탈색된 숱한 타인의 그림자들과 오늘도 씨름

하는……

무료한 갱년

금빛 물결 일렁이는 연못가에
나무늘보를 닮은 털이 북실북실한 사내 하나
나무 중턱에 매놓은 그물침대에 누워 잠들어 있다.
나는 그 그늘 아래 털퍼덕 주저앉아
노래하는 집시들˙을 기다린다.

적도의 태양 아래
시커먼 불알 덜렁이는 철부지 아이들
깨알몸으로 못 속을 들고 나며 철버덩거리고,
미세한 소리에도 민감해진 내 귀는
늘보사내의 나직한 숨소리,
금빛 파문 번지는 저 못의 불협화음조차
내 존재의 안쪽인 양 끌어당긴다.

서너 번의 대면이지만
영원한 신혼(新婚)을 노래하는 집시들을
기다리는 늦은 하오,
못 건너편엔 거목의 활엽수들이 계절풍에 떨며

묵은 잎들을 사방으로 흩날린다.
때맞춰 잎갈이하는 저 활엽수들처럼
무료한 갱년(更年)을 잎갈이하고 사랑의 묘상(苗床)을
마련할 수 있을까.

못물 위에 너울거리는 황혼에 넋을 잃고 있는 사이,
물놀이하던 아이들 뿔뿔이 흩어지고
바람맞은 게 분명해…… 밀려오는 허기를 느끼며 무
거운 엉덩이를 일으킬 즈음
천공에 코 박고 있던 늘보사내도 어디 정처가 있는지
제 영혼의 부적(符籍) 같은 나무를 떠나려는지
게슴츠레 닐 내려다보며 기지개를 켠다.

• 인도 벵곤 지역에서 만나 이 노래하는 집시들을 '바울'이라고 부른다.

벵골의 딸

태양의 화로는 참 이글이글했습니다
그 드높은 화로에서 막 뛰어내린 듯
당신은 온통 새빨갛게 그을려 있었습니다
함께 뛰어내린 것일까요
태양의 혼령 같은 붉은 볏 닭들이
어슬렁거리는
아열대의 땅, 지구의 마지막 전사답게
당신은 홀로 흙집을 세우고 있었습니다
시뻘건 표토를 긁어모아 놓고
저수지 물을 항아리로 떠다가 확 끼얹었더니
맨발로 밟고 또 밟아
나지막한 흙집을 쌓고 또 쌓고 있었습니다
저렇게 느린 굼벵이가 또 있을까요
질척질척 반죽된 당신 젖가슴보다 큰 흙덩이를 들고
흙발의 굼벵이 걸음으로 걸어
홀로 철썩철썩 흙벽을 치고 있었습니다
흙벽을 칠 때마다 흙벽에 새겨지는
손자국 무늬, 고행의 아름다움이라 할까요

극빈의 슬픔이라 할까요, 그렇게
두꺼운 한쪽 벽의 모서리를 쌓고 또 쌓던 당신은
잠시 일손을 멈추고
흙손을 툭툭 비벼 털더니
저수지 쪽을 향해 성큼성큼 걸음을 옮겨놓았습니다
저 가없는 대평원,
태양의 화로는 여전히 이글이글거리고
검은 머리채를 치렁대며 걸어가는
당신의 굽은 등 뒤로
바짝 마른 대지가 제 뿌리를 보듬어 안 듯
붉은 흙먼지를 후끈 피워 올리고 있었습니다

벵골의 개들

열대야에 시달리다 겨우 잠들었는데, 우우우우……
섬뜩한 소리에 잠이 깼습니다 가만 귀 기울여 들어보니
꼬리에 꼬리를 무는 슬픔, 야생의 들개 떼 울부짖는 소
리였습니다 건기(乾期)의 밤하늘이 금세 소리의 소낙비
에 흠뻑 젖어들었습니다

별들의 무덤 같은 벵골의 밤, 내 그토록 그리워한 야
성이 저 단순한 슬픔, 단 한 줄짜리 엑타르를 물어뜯고
있었습니다

밤의 광견(狂犬)들, 한낮엔 어슬렁어슬렁 순한 양처
럼 나무 그늘에 기생하곤 했지요 또, 야성을 순치시키
는 사원의 종소리에도 쫑긋 귀를 세우곤 했지요 하지
만, 이슥한 밤이 되면 그따위 소리 들은 바 없다는 듯
캄캄한 비명의 이빨만 날카로웠습니다

문득, 우우우우…… 쏟아지던 소리의 소낙비 뚝 그치
고, 불면의 하늘 위로 꼬리 긴 슬픔들만 어슬렁 어슬렁

거립니다 비몽사몽 얕은 꿈길에 찍히는 야성의 발자국
들, 깊고 고요합니다

식경(食經)

아열대의 우람한 나무들 사이 뻥 뚫린 길 위로 조개탄
연기 깔려 매캐하다

이른 아침 산책하다 들른 길 끝 집 짜이 가게, 컴컴한
헛간 같은 가게 속, 어, 사람이 안 보인다 어딜 갔을까?
꽃미남 크리슈나 신과 이름이 같은, 텁석부리 주인 사내.

헌데, 아무도 없는 게 아니었군. 짜이 끓이는 둥근 화
덕, 조개탄 벌겋게 피고 있는 화덕 옆에

갈색 점박이 염소 한 마리가 네모난 종이 박스를 와작
와작 씹고 있다 힐끗 날 쳐다보고도 조반상을 물릴 기
색은 없어 보인다

장난기가 일어 주머니 속에 꾸겨져 있던, 마하트마 간
디의 초상이 그려진 5루피짜리 지폐를

놈의 주둥이 가까이 대자, 킁킁 냄새를 맡더니 덥석
지폐를 물고 단숨에 씹어 삼킨다 그리고 다시 씹다 만
종이 박스로 고개를 돌리더니 와작와작 마저 작살낸다

>

잠시 후, 돌아온 주인 사내의 사나운 발길에 냅다 걷
어차인 놈의 엉덩이가 벌겋게 물든다 왕성한 식욕이,
비쩍 마른 궁핍이 쫓겨난 자리, 구멍이 휑하다 내 앞에
화신(化身)한

꽃미남 크리슈나의 훤한 얼굴도 그 구멍 다 메우지 못
한다 와작와작 환청만 남아 되새김질하고 있을 뿐!

난 화덕의 짜이가 끓길 기다리며, 땡기는 시장기를 참
으며, 문득 신의 머리 꼭대기에라도 올려놓아야 할

식욕에 대해 묵상한다 초식(草食), 놈이 사라지고 나
니 심심했던 것이다

네 부재의 향기를 하모니카로 불다

어느 외딴 산모롱이를 휘돌아온 바람인가
바람결에 묻어온 꽃잎인가
어디 머묾도 떠남도 자유로운
너의 걸음이 가벼워
어이 바람! 하고 불러보고
너의 궁상조차 가벼워
어이 꽃! 하고 불러봐도
금세 넌 내 눈앞에 종적이 없네

조금 전 노천카페에서 뜨거운 차를 후후 불어 마시며
히말라야의 고요에서 왔다고 했던가
어디로 갈 참이니, 물었더니
꽃미소 흘리며 람〔神〕에게로 간다고 했던가
혼잣말하듯 겨우 대답하는 입술 위로
후드득 떨어지는 빗방울이 튕겨져 나왔던가

오늘 너 없는 풍경의 분주를 바라보다가
네 부재의 향기를 하모니카로 불다가

오래 살려 버둥거리는 일보다
더 큰 재앙은 없다는 바람의 푸른 말씀을
나뭇잎 수첩에 받아 적다가
멸(滅), 멸의 낙법을 가르치는
스콜*의 난타를
웅덩이 악보 위에 그리다가……

---

* 아열대 지방에 내리는 돌풍을 동반한 소나기.

최후의 성모

(소가 神이거나 말거나!)

어스름 내리는 저물녘,
들일을 막 끝내고 소 엉덩이에 바짝 붙어
어슬렁
어슬렁 따라가는,

그렇게 따라가다가, 느닷없이
소가 내지른
김이 모락모락 나는 똥 덩어리를
검은 비닐봉지에 얼른 두 손으로 쓸어 담는

저 늙은 아낙은—

땡볕과 소나기

김춘식 · 문학평론가

고진하 시인의 이번 신작 시집은 모두 인도를 소재로 한 '인도 시편'이다. 일반적으로 이국체험이나 기행시편이 지닌 단점은 풍물의 묘사에만 집중되어 대상이 지닌 '깊이'를 놓치는 경우가 많다는 점이다. 시적 기억 혹은 정서란 오랜 시간을 두고 누적되어 있다가 '현재' 속에서 동시적으로 빛을 발하는 점에 있다. 이런 시적 정서의 순간성과 영원성의 결합을 종종 여행 시편은 단순한 감상으로 변질시키기 때문에 여행의 체험에서 오는 기억만으로 좋은 시를 쓴다는 것은 생각보다는 상당히 어려운 일이다.

이런 점에 비추어 보면, 고진하 시인의 이번 신작 시집은 일반적인 의미의 여행이나 이국체험을 소재로 한 여느 시편과는 일정한 거리를 지니고 있다. 그 까닭은 고진하 시인의 인도에 대한 관심이나 체험의 정도가 일시적이거나 간헐적인 것에 그치지 않기 때문에 가능한 것이라고 여겨진다. 대상에 대한 엑조티즘이나 호기심 정도에 그쳤다면, 고진하 시인의 이번 시편처럼 깊이와 절제를 두루 갖추면서 인간 존재의 보편성에 대한 질문과 응시를 바탕에 지닌 시는 쓰일 수 없었을 것이다. 한마디로 이번 시집에 실린 시들은 그 대상, 정서 등에서 '인도적인 것'을 넘어서 삶의 보편성에 육박하는 절창의 요소를 두루 갖추고 있다.

인도신화에 대해 관심이 많고 또한 신학적인 지식을 두루 갖추고 있는 시인의 개인적 소양은 인도의 여러 풍물에 접하는 동안에도 그 시적 긴장을 높이는 데 훌륭히 기여하고 있고, 또한 사물의 내면과 깊이를 시의 내부로 깊이 흡입하는 모습을 시편 곳곳에서 보여준다. 특히 절제되면서도 여유로운 문체의 힘은 이번 시집의 독특한 매력이다. 물론 그 문체 자체가 시인의 세계관, 존재론적 사유, 삶과 죽음, 신성과 구원 등 고진하 시인이 추구해온 일련의 연속적 사유의 결과물이기 때문에 이런 평가가 가능한 것이다. 단순히 수사적인 기술이나 숙련된 시작법에서 나온 문체가 아니라는 점에서, 사상, 정서와 글이 자연스럽게 연결되는 과정을 보여주는 시인의 작품은 표현과 화법에 몰두함으로써 시적 화두

와 질문이 약화되는 최근 시단의 시적 경향에 대해 일
정한 성찰의 기회를 주는 측면도 있다.

　　손님 기다리는 일에는 이골이 났다

　　오후 들어 야채카레 한 접시를 비운 뒤

　　지나가던 열풍의 긴 꽁지머리를 뭉텅— 잘라준 기억밖에

없다

　　비리 몇 모금 빨고 나서

　　빈 나무의자 깊숙이 늙은 몸을 눕힌다

　　얕은 꿈결에

　　면도날 같은 시퍼런 문장이 지나가며

　　오랜 그리움의 새 별자리를 보여주었지만

　　문맹이라 받아 적지 못했다

　　　　　　　　　　—「노천 이발소—뉴델리에서」 전문

　　문맹인 인도 이발사를 화자로 한 위와 같은 시는 타자
인 인도인을 자신의 내면으로 완전히 수용하지 않고는
쉽게 쓰일 수 없는 작품이다. 또한 인도 이발사의 모습
안에 자신의 지나간 한 시절에 대한 달관 같은 것을 투
영하지 않았다면 또한 되풀이되는 일상과 '면도날 같은

시퍼런 문장'의 대립을 포착해내지도 못했을 것이다.

기후는 종종 어떤 정서의 심층부와 연결되기도 한다. 인용한 작품은 "열풍의 긴 꽁지머리를 뭉텅— 잘라준 기억밖에 없다"라는 구절을 통해 습기 많은 바람과 더운 열기가 가득한 남쪽 도시가 지닌 일상의 정서를 깔끔하게 묘사하고 있다. 손님을 기다리며 시간을 보내는 한가한 점심 무렵, 카레 한 접시를 비우고, 비리(담배) 한 대를 피운 뒤, 늙은 이발사는 빈 나무 의자에 몸을 기대고 낮잠을 잔다. 이런 별다른 일도 없는 일상의 삶이 있는 반면, 그의 꿈이 얕은 잠결에 '오랜 그리움'의 별자리를 그에게 잠시 보여주는 순간도 있다.

왜 오랜 그리움은 '면도날처럼 시퍼런 문장인가.' 이발사가 면도날로 수염을 깎듯이, 문맹인 그에게도 평상시에는 자각하지 못하거나 묻어놓은 깊은 그리움, 영혼의 갈증이 있다는 것을 이 시는 날카롭게 지적한다. 여기에서 '문맹'이란 그러므로 이중적인 의미를 함축한다. 늙은 이발사의 삶은 지식으로부터 소외된 '문맹'의 시절들이기도 했지만, 동시에 그의 '문맹'은 더 깊은 것에 뿌리를 두고 있다. 바로 '오랜 그리움의 별자리'를 받아 적지 못하는 '자각'과 '표현'의 문맹이기도 한 것이다.

늙은 이발사의 삶은 좀더 보편적으로 말하면, 삶의 진

실이나 진정한 그리움을 느끼거나 깨닫지 못하는 인간의 보편적인 '문맹'에도 닿아 있는 것이다. 인생이 일장춘몽이라고 한다면, 그 꿈의 본질은 사실 '시퍼런 문장'을 보여주기 위한 것인지도 모른다. 누구나 한 생을 살다 간다. 그러나 그 생의 진정한 가치나 의미를 알고 사라지는 사람은 얼마 되지 않는 것이다. '받아 적지 못한' 문맹의 굴레 때문일 것이다. 시인이 말하는 문맹은 이 점에서 인간의 근원적인 결핍에 닿아 있다. 살아가는 이유 같은 것이라고나 할까. 시인이 델리에서 만난 늙은 이발사에게도 평생 좇아야 할 꿈이 있는 것이다. 시인의 투영이기도 한 '늙은 이발사'의 모습에는 근원적인 것에 대한 갈증과 그것을 깨치지 못하는 문맹에 대한 이야기가 감추어져 있다.

시인이 인도에서 발견한 것은 이 점에서 단순한 인도의 풍광과 인정만은 아니다. 시인이 좇고 있는 것은 어쩌면 인간이 평생을 두고 좇는 어떤 '오래된 그리움'이다. 고진희 시인의 시가 단순한 기행시나 여행지의 체험을 다룬 것이 아닌 것은 이런 인간의 근원적 갈망을 '인도'라는 프리즘을 통해서 발견하고 있기 때문이다.

마당은 무슨 빗자루로 쓸고 닦았는지 명경(明鏡) 같다

한밤중이면 별들이 총, 총, 총, 꽃필 것만 같다
밟으면 으깨질까 흙마당을 조심조심 디디며 들어서자
사내는 가슴에 시타르를 안고 나와 반색을 한다
애무하듯 시타르를 켜며 들려주는 민속음악,
얼마나 사무쳤는지, 심금이 저릿저릿 울리고
사뭇 서럽기만 한데
물씬 흙냄새가 풍긴다, 별꽃냄새도 풍긴다,
불가촉천민처럼 하심(下心)을 갈무리한
비릿비릿한 냄새도 몇 껴 있는 것 같다
굳이 악보(樂譜)라면 따갑게 내리퍼붓는
땡볕 악보뿐이지만 마당을 가로질러
가없는 평원 위로 나직이 퍼져나가는
뱅골의 선율, 그 흐느낌이 파랗다
파충류가 껍질을 벗듯 또 한 꺼풀 벗은
그 영혼이 새파랗다

잠시 후, 느닷없이 소나기 퍼부어 선율이 멎고,
마당 더 깊어진 집시의 뜰을 떠났지만
내 영혼 또한 훌러덩 한 꺼풀 벗어 새파랗게 되었으니
남은 생은 그 지극한 떨림의 후렴이겠다!

—「집시의 뜰에서」 전문

위의 시에서 시인이 말한 떨림과 후렴은 앞에서 말한 '시퍼런 문장'을 받아 적지 못한 것과 유사한 체험이다. 시인에게는 이런 계기적 순간을 어떻게 시로 옮기느냐 가 시의 본질에 가닿는 문제이기도 하다. 집시의 뜰에 서 시인이 본 것은 무엇인가. 뜰의 정갈한 빗질이나 가 슴을 저리게 만드는 민속음악은 사무친 것들의 냄새를 품고 있기 때문에 시인의 마음을 움직인다.

내리퍼붓는 땡볕과 느닷없이 퍼붓는 소나기 속에서 사내의 사무친 사연이 만들어졌을 것이다. 삶은 추상적 인 시간이 아니라 땡볕과 소나기 같은 시간들에 공명하 며 살아온 연주 같은 것이다. 고진하 시인이 집시의 뜰 에서 들은 연주가 '영혼'의 깊이에 이르러 떨림을 만든 것도 이런 점 때문이다. "파충류가 껍질을 벗듯 또 한 꺼풀 벗은/그 영혼"이라는 표현이 단순한 문장이 아니 라 사람의 변신, 영혼의 자각을 의미하는 것임은 이 점 에서 자명하다.

'선율은 그쳤지만 미당은 더욱 깊어진다.' 존재의 깊 이란 이처럼 마법 같은 변화 속에서 발견된다. "내 영혼 또한 훌러덩 한 꺼풀 벗어 새파랗게" 되었다는 말은 일 상의 견고한 질서에 금이 가버린 어느 한 순간의 체험 이 바로 진정한 영혼의 눈을 뜨게 하는 계기임을 암시 한다. 그리고 그 떨림 이후 남은 생이 후렴이라는 말은

여운과 음미에 대한 시인의 감성을 나타낸다. 어쩌면 삶의 대부분은 어떤 순간의 떨림 뒤에 오는 '후렴' 같은 것을 음미하는 시간은 아닐까.

인도에서 만난 주황색 옷을 입고 맨발로 길을 떠나는 긴 순례자의 행렬을 본 적이 있다. 그들은 한 달 동안 갠지스 강의 물을 떠서 신의 제단에 바치는 여정을 치르고는 한다. 정해진 금기를 어기지 않으려고 자신을 절제하고 불편을 견디며 걷는 그들의 순례에는 바로 우리가 잊어버린 삶의 심층이 숨겨져 있다. 고진하 시인의 시가 바라보는 지점은 이런 심층, 심연에 잠긴 떨림이다. 그리고 그것이 그의 시가 인도와 만나는 한 지점이기도 하다. 어쩌면 그는 남들이 흔히 말하는 인도 마니아가 아니다. 인도와 그의 시가 만나는 접점은 오히려 우리가 그냥 지나치며 살고 있는 일상적 삶 어디에나 있기 때문이다.

뱃전을 때리는 사원의 종소리가 멀다
돌아올 생을 가늠하지 않고
잔물결 헤적이는 노 젓는 소리가 저승처럼 멀다
문득, 어린 뱃사공의 목젖이
끓는 강물을 들이켠 듯 뜨겁게 떨린다

저 어린 것이

흐느끼는 강의 눈물샘에

저를 빠뜨린 신들린 소리꾼일 줄이야

불을 토해내는 저 혓바닥은

이글거리는

이글거리는 태양신을 쏙 빼닮았다

닮은 것이라야 닮은 것에

찬가를 바칠 수 있는 것일까

끓는 강물을 더 끓어오르게 하는

가야트리 만트라

귓전을 때리는 어린 사원의 종소리가 멀다

돌아갈 생을 가늠하지 않고

잔물결 헤적이는 노 젓는 소리가 저승처럼 멀다

―「먼, 야무나 강」 전문

이 시는 야무니 강의 어린 뱃사공이 불러준 '가야트리 만트라'에 대한 이야기이지만 정작 이 시의 핵심은 바로 '멀다'라는 것에 있다. '오래된 그리움'이나, '떨림', '구원', 신과 인간의 격차는 모두 '멀리 있는 것'이기에 그것만의 아우라를 지닌다. 가까이 느낄 수 있지만 쉽사리 다가갈 수 없는 것, 그런 존재가 바로 영혼,

영원, 심연의 존재가 아닌가. 고진하 시인은 목사이기도 하다. 신의 존재에 대한 그의 사유가 종교적인 도그마를 벗어난 지는 오래인 것 같다. 어쩌면 인간의 심연, 신과 인간의 먼 거리 속에 감추어져 있는 어떤 가능성을 그는 지금, 원하고 있는 건 아닐까.

그에게 인도란 무엇인가. "잔물결 헤적이는 노 젓는 소리", "뱃전을 때리는 사원의 종소리" 그 속에 인도는 이미 담겨 있다. 어린 뱃사공이 '이글거리는 태양신'을 꼭 빼닮을 수 있는 이유는 무엇인가. 그것은 어떤 간절함이 있기 때문일 것이다. "흐느끼는 강의 눈물샘에／저를 빠뜨린 신들린 소리꾼"에게 그리움은 한없이 먼 것이어서 더욱 절절히 불을 토하는 것이 아니겠는가. 모든 일상의 순간과 찰나 속에서 '신'을 볼 수 있는 자는 이미 자신을 설움의 강물 속에 한번 빠뜨린 자인지도 모르겠다. 어린 뱃사공에게서 시인 스스로의 초상을 발견하는 시인이 굳이 '멀다'라는 말을 반복하는 것은, 그 간절함의 대상이 얼마나 아득하게, 멀리 있는 것인가를 알기 때문이다. 특히, '저승처럼 멀다'라는 표현 속에서 시인은 '삶과 죽음이 동시적이다'라는 암시를 전달한다. 산다는 건 곧 죽어간다는 것이니, 저승은 살아 있는 한 얼마나 멀리 있는지, 가까이 있는지조차 알 수 없는 '아득한 것'일 뿐이다. 그 거리는 얼마나 먼 지를 잴 수

없는 애초에 측량이 불가능한 것이며, 도저히 좁힐 수
없는 거리이다. 모든 그리움과 갈증의 거리는 이와 같
다. 때가 이르기 전에는 오직 '멀 뿐'.

흙빛 얼굴의 중년의 사내가

흙바닥에 쏟아진

내장과

핏물과

왕왕거리는 파리 떼가 아무렇지도 않은 듯

뻑뻑 담배를 빨며

파리 떼가 절반은 떼어 먹은 듯한 염소고기를

칼로 뚝뚝 베어 팔고 있었다 나는

물건을 살 것도 아니면서 흥정하느라 시끄럽게 북적대는

아수라장 속을 들여다보고 있었다

아수라장 속에도 인생이 있었다

피비린내 풍길망정 희로애락이 있었다

어두컴컴한 푸줏간,

어둠 배후의 어둠이 신이라는데, 자세히 들여다보니

아수라장 속에도 神이 모셔져 있었다

길쭉한 코로 진동하는 피 냄새를 실컷 흠향했을 코끼리 형

상의

가네샤 神이 컴컴한 어둠 속에 똬리 틀고 앉아

제 존재의 안쪽을 들여다보는

바깥의 우울한 눈동자를 내다보고 있었다

―「푸줏간 앞에서」 부분

　‘어둠 배후의 어둠이 신’이라는 인식은 고진하 시인
의 평상시 생각으로 보인다. 인간으로서는 도저히 알 수
없는 어떤 심연 속에 “똬리 틀고” 앉아 있는 것이 바로
신이라는 생각, 그 생각에서 시인의 “우울한 눈동자”가
비롯되는 것이다. 인용한 시에는 속(俗)의 세계 배후에
서 세상을 내다보는 신의 시선이 그려져 있다. “아수라
장 속에도” 신이 모셔져 있는 것은 일면 기이한 일인 듯
하다. 속물들의 아수라장 판에 핏물이 흐르고 내장이
바닥에 뿌려진다.

　푸줏간이란 성스러운 것과는 거리가 먼 장소이다. 그러
나 그 푸줏간에는 삶의 욕구와 죽음의 처절함이 뒤엉켜
있어 오히려 평상시의 질서 있는 삶의 양식이 ‘혼란’과
‘무질서’로 변화하며 그 숨겨진 모습을 드러낸다. 이런
숨겨진 것들의 노출은 ‘은폐된 것들’이 본래의 생생한
모습을 드러낸다는 점에서 낯설고 충격적일 수밖에 없
다. 즉, 정상적으로 보였던 세계에 균열이 생기는 순간

이고 그런 순간에 신은 어둠의 배후로부터 언뜻 그 모습을 드러낸다. 이 균열을 어떻게 봉합할 것인가.

시인이 우울한 눈동자로 그 균열을 들여다보듯이, 어둠 속의 신 가네샤도 시인을 마주본다. 자신의 존재와 그 심연을 들여다보는 시인의 눈과 신의 시선이 마주치는 순간, 어쩌면 그런 순간이 시적 영감이 탄생하는 '찰나'일 것이다. 고진하 시인의 시적 영감은 이런 균열과 함께 나타난다는 점에서 역설적 구도자의 자세를 취한다. 마치 신의 권위와 직능을 부정하려는 듯이, 거꾸로 신에 대한 사유와 탐구를 감행하는 것이다.

고진하 시인은 이 점에서 신에 대한 경배와는 어울리지 않는 사람이다. 그는 신의 모습 속에서 인간의 숨겨진 기원과 비의를 탐구하려고 할 뿐이다. 인간의 숙명과 한계를 설움과 애절함으로 바꿀 때, 바로 시인의 절창이 나온다는 사실을 그는 잘 알고 있는 시인이다.

뙤약볕 쏟아지는

가없는 지평선

찰랑찰랑 흔들리는 물지게를 지고 가는

농부의 어깨에서

참을 수 없는 갈증이 느껴지네

아슬아슬한 균형,

그걸 지켜보는 내 마음도 타네

하늘 우물도 말라붙었는지

은총의 비 한 방울 내리지 않는

영혼의 건기(乾期),

언제쯤 건기는 끝나게 될까

—「물지게」 부분

농부의 어깨에서 느껴지는 참을 수 없는 갈증은 사실 '비'나 '물'의 부족 때문만은 아니다. "영혼의 건기"라는 표현에서 알 수 있듯이, '갈증'은 영혼의 갈구와 존재의 심연에 대한 구도의 열망으로 인해 찾아온다. 이 점에서 고진하 시인의 작품은 '상징'보다는 알레고리에 더 가깝다는 인상을 준다. 실제로, 그의 작품에서 '갈증과 건기'란 구원과 인간 존재의 궁극적 기원 혹은 자기 정체성과 깊은 관련을 지닌다.

실제로 고진하 시인이 인도에서 본 것은 이런 '알레고리'인지도 모른다. 추상적인 존재론과 심연적 열망이 인도의 '성과 속'이 뒤엉킨 일상과 만나면 그 모호함을 넘어설 수 있는 어떤 깨달음과 구체적인 상을 획득하기 때문은 아닐까. 실제로 그의 작품에는 인도 곳곳의 삶

속에서 자신이 추구해온 화두가 구체화된 이야기가 자주 나온다. "자기가 누구인지 몰라/떠돌고 떠돌고 떠돌던 사람들이/미혹의 마음을 잠시 내려놓고"(「흑소」) 사원을 찾는 장면을 통해서 고진하 시인은 자신이 무엇을 찾고 있는지를 드러낸다.

'느닷없는 소나기'라든가, 소의 느릿느릿한 걸음걸이의 대조는 삶의 지속성과 순간적 깨침, 영감을 대비시킨 것이다. 느린 소가 삶을 음미하고 탐구하는 구도의 자세를 나타낸다면, 소나기나 번뜩이는 빛 등 순간적인 것들은 영감이나 깨침, 강렬한 인식의 변화를 나타내는 이미지로 쓰인다. 이런 두 리듬의 대조는 시인 자신이 인도의 풍물을 바라보는 원칙이나 방법처럼 보이기도 한다. 늙은 이발사의 삶은 변화 없고 느린 삶의 리듬을 지니고 있지만, 그런 '느림' 속에 이미 오래된 그리움이 스며 있음을 시인이 감지할 수 있었던 것도 이런 그의 시 유방식 때문이다.

빼빼 마른 소녀의 나뭇가지 같은 손엔

꽃등이 타고 있었네

저녁 어스름 때, 타는 꽃등이

미소 짓는 소녀의 얼굴을 비추고 있었네

저녁 어스름 때,

꽃등만이 어스름 강물 위에 떠

사람의 영혼의 움직임을 보여줄 때

소녀의 환한 미소에 반해

타는 꽃등을

2루피를 주고 샀네

나는 뱃전에 기대앉아

꽃등을 강물 위에 띄웠네

그리고 소원을 빌었네

아무 빌 소원도 없는

삶을 살 수 있기를

내 목숨의 꽃등 꺼지기까지

빌 소원도 없이

이 어두운 강을 건널 수 있기를

—「꽃燈—갠지즈 강에서」 전문

소원을 없앤다는 것은 곧 욕망을 버린다는 것과 다름

이 없다. 인용한 시에서 시인이 말한 소원이 없기를 소원하는 방식을 달리 말하면 뭐라고 할 수 있을까. 김현이 언젠가 말한 '탈욕망의 욕망'이라고 할까. 육신을 가진 자가 자신의 욕망을 버린다는 것은 '몸'을 무상한 허무에 맡겨 육체의 굴레로부터 스스로 벗어나려고 하는 구도의 길과 다르지 않다. 오직 아름다움에 대해서 말하는 시인이면서 동시에 그 아름다움의 끝에서 '욕망'의 버림을 얻기를 바란다는 것은, 이미 그 시인의 미학이 지닌 특징과 사유방식을 모두 말하고 있는 것이다. 몸을 쉽사리 벗어나지 않는다는 점에서 삶은 육신을 지닌 채, 깨달음으로 가는 과정이다. 그래서, 어떤 고통이나 간절함, 애절함이 그 삶 속에 스며든다면 그것은 육체를 통해 세상을 헤쳐가고 스스로의 낮은 욕망을 버리며 자신의 영혼을 정화시키는 과정이 되는 것이다.

이처럼 육체를 비누처럼 닳아 없애면서 그 만큼의 시간과 인생의 경험을 '무'에 대한 깨달음, 영혼의 텅빔에 대한 자각과 소멸의 진정한 의미를 터득하는 데 바치는 것이 바로 고진하 시인의 시정신이다. 어린 소녀를 통해 본 시인의 아름다움은 무엇인가. 어쩌면 그것은 무구함이고 그 무구함이 시인의 영혼을 꽃등처럼 비춰주었기 때문일 것이다. 스스로의 영혼을 바라봄으로써 그 영혼의 존재 형식이 근원적으로는 사라지는 것, 어둠 속으로 돌아가는 것이라는 사실을 시인은 깨닫는다. 그러나 그 소멸의 순간이 쉽사리 얻어질 수 없다는 것도 분명한 사실이다. 어두운 강을 건너기란 자칫 욕망의 파도에 휩쓸리는 결과를 낳을 수도 있기에, 소원도 없이 강을 건너기란 역시 어렵기만 한 일이다.

문예중앙시선 028
꽃 먹는 소

초판 1쇄 발행 | 2013년 8월 30일

지은이 | 고진하
발행인 | 김우석
제작총괄 | 손장환
편집장 | 원미선
책임편집 | 박성근
마케팅 | 김동현, 이진규

디자인 | 오필민디자인
인쇄 | 영신사

발행처 | 중앙북스(주)
등록 | 2007년 2월 13일 (제2-4561호)
주소 | (121-904) 서울시 마포구 상암동 1651번지 DMCC빌딩 20층
전화 | 1588-0950
홈페이지 | www.joongangbooks.co.kr

ISBN 978-89-278-0468-0   03810